海

石

敲

響

潮

音

孔
銘
隆 詩
集

在海石敲響潮音之間相傳薪火
——《海石敲響潮音》序

唐睿

我們都是薪傳文社的成員。

理論上，我應該一早就在文社的聚會認識銘隆，跟他交流，可惜銘隆活躍於文社、擔任社長的時期，遇上了疫情，文社聚會轉到網上，結果我們要到相當的日子之後，才有機會實體見面。

雖然很遲才有機會碰面，而認識之後也沒有機會頻繁交流，銘隆的名字和作品，還是一再來到我的眼前。2019 年第七屆全球華文青年文學獎散文組季軍；大學文學獎散文組優異，還有詩歌、小說組嘉許獎；2020 年中文文學創作獎新詩組優異獎，城市文學獎大專新詩組冠軍；2020-2021 第四十七屆青年文學獎散文組冠軍；2022 年城市文學獎大專新詩組冠軍；2022-2023 第十二屆大學文學獎散文組亞軍……薪傳文社自 1999 年在教育學院（現時的教育大學）創立以來，獲得最多創作大獎的社員，應該非銘隆莫屬了。

　　銘隆的作品獲得不同評審的青睞，殊非巧合。細看銘隆的作品，特別是收錄在《海石敲響潮音》裏的詩作，都不難發現，銘隆的創作自起步之後，無論在主題內容抑或創作技巧方面，都一直在穩步前進，逐步提升。

　　王良和老師指導文社社員創作，特別重視對素材、情感和文字的提煉，而提煉的前提，就是素材必從實際的生活經驗出發，情感必須真摯，不矯情，不偽裝，不故作姿態，不概念先行。《海石敲響潮音》的第一輯「泥粒纏結」，即見證了銘隆怎樣從日常生活和經驗出發，通過書寫家人、成長環境、文藝經驗、創作體驗，深度探挖自我，釋出詩意。在這些詩中，讀者可以看到詩人生命的濱岸之上，記憶如潮水般沖來一件又一件的微細物事，這些物事往往勾纏住一根透明、牽絆着海床的幼細魚絲，稍一觸碰，就會驚起一陣情感的沙泥。就像銘隆在〈管道〉一詩所提及「一天我才看清／家牆苔蘚，原來是從井壁／攀援上來，爬到牆的盡頭」。物事、記憶與情感，總隨着歲月，在不知不覺間相互交織、延展，苔蘚一般黏附到我們的生命之上，日常營役，我們並不容易察覺，這層苔蘚於我們的生命，有甚麼非凡意義，但當我們以詩的目光去審視這層有機物，就會發現，它實

際已千絲萬縷地纏結着我們的生命，重塑了它的形貌，並成為了它的一部分。〈文字〉一詩，就盛載了詩人成長學習記憶之中，父子兩代的拉扯與角力，還有兒子懷念父親的絲絲寂寞；至於第二輯「橋上遠望乾涸」的〈嫁衣〉，詩中針線所縫補的，也不只是衣服，而是兩代人的情感阻隔。

　　父親是第二輯「橋上遠望乾涸」一系列詩作的核心主題。在這一輯詩裏，銘隆既以敍事詩句，勾勒出父親的生平，同時又通過父親的各種生活細節和微細習慣，表現父親的行狀、性情、愛惡、偏執，還有他的理想與遺憾⋯⋯而這一輯詩最教人印象深刻的，是銘隆將許多圍繞着父親生活的細碎元素，提煉出象徵意義，於是讀者可以從父親謊稱「生肖屬龍」所引申的「鱗片」意象，認識到父親極力掩飾與防衛的難言之隱；而餐桌上，餸菜「濃淡分界」的擺放方式，則描繪了父子的隔閡，以及二人不願意在席上毗鄰而坐，不願意通過筷子頭「涶沫交互」的矛盾關係。父子之間的代溝，全因六十歲的年齡差距而產生，可是血緣的牽絆，依然讓二人猶如「臍橙」與「副果」一樣，緊緊扣連在一起，而「副果」也藉着自己的肌理，「努力保留果子的輪廓」。「橋上遠望乾涸」這輯詩作，在《海石敲響潮音》裏可謂格外亮

眼，這並非單單由於這輯詩擁有豐富且別具創意的意象，而是由於詩人能夠從眾多的纖細角度，去刻劃父親的形象。在一筆又一筆的描寫之中，我們能夠讀到銘隆對父親的種種記憶、許多來不及梳理的遺憾、百感交集的思念，以及毫不矯情、真實而且動人的愛。

《海石敲響潮音》不但揭示了銘隆怎樣在主題上深度探挖自我；同時也見證了，作者對詩歌形式的探索。〈Art Form〉這首組詩所書寫的，是詩人對視覺藝術形式的觀察，但在這首組詩裏，銘隆也通過分行、意象和語言，對詩歌形式作了一些實驗，巧妙地將這些形式上的探索，跟詩題遙相呼應。〈Art Form〉這首詩，跟詩集第五輯「貝殼上的小洞」的其他詩作一樣，見證了銘隆對詩歌創作形式的種種嘗試。

磨練觸覺、沉澱感情、探挖自我、反思形式，可說是詩歌創作的根本方法，但除此之外，王老師在指導我們創作時，還十分強調一項關鍵要素，那就是放鬆。詩歌創作者在不斷精進詩藝的過程裏，特別是在挖掘深刻主題、鑽研更精巧的寫作技巧時，往往會不由自主地繃緊精神，結果詩作就失去了應有的從容和輕易，最終就像伊卡洛斯（Icarus）一樣，被高熱融化了想像的翅膀。在《海石敲響潮音》第六輯「海石敲鑿」，我們可以看

到，銘隆如何讓詩歌保持輕盈，繼續從容不迫地創作。教大畢業之後，銘隆就成為了全職中學老師，平板的工作節奏、沉重的課擔和工作壓力，很容易就可以壓垮一個詩人的生命。然而銘隆卻繼續堅持創作，並且避重就輕，以類似即事詩的方式，取材校園生活，創作饒富趣味的詩作。〈流體〉一詩，寫教師一天近乎機械的規律工作，然而值得留意的是，這詩作在抱怨和嘆息之外，仍不乏機智的水光；〈樹木〉和〈習慣〉中的教學反思就更不乏清新的驚喜，這兩首詩在寫教學之難的同時，還將教學的經驗回饋到創作：「中文字其實更像圖騰／描述象形文字，美術的想像／根部、年輪、木紋、樹冠／該有的模樣是種遙遠的觸感／你俯身觸碰泥土」（〈樹木〉）；「先把拉鏈拉得更高／兩肩拉寬，徵狀沒有向橫生長／外衣觸碰不到冷暖，身體／不用太多，僵硬的言辭」（〈習慣〉）。

　　雖然不常有機會相見，但近年，銘隆的名字，仍然不斷出現在我的眼前。銘隆的學生，在過去幾年，成為了徵文比賽少年組別的座上客，由於獲獎學生的數目不少，銘隆的名字，也就反覆出現在得獎名單的「指導老師」欄上，相當耀眼。

　　此時、此地，無論是創作抑或教學，都是可說是充

滿挑戰，不無寂寞的事業，但我們依然盡力匍匐前行，如海石不斷敲響潮音。

　　我們都是薪傳文社的成員。

文字發出的回聲
——讀孔銘隆詩集《海石敲響潮音》

鍾國強

　　對孔銘隆的詩，最早的印象來自〈文字〉。那是獲得 2020 年香港中文文學創作獎獎項的詩，我那屆擔任評審，對他借助「文字」來刻劃父子關係，也旁及本地僵化的教育體制的寫法，深有共鳴，其綿密細膩及此呼彼應的筆法，亦讓人印象深刻，許為當屆極具潛力的得獎者之一。

　　「力度過大的字 / 在下一頁紙留下字跡」。這是〈文字〉中的一句；多年以後，我仍然聽見來自那裏面的回聲。

　　如今讀他的第一本結集《海石敲響潮音》，不啻那回聲的延伸變奏。〈搬運——和謝默斯·希尼〈挖掘〉〉無疑是為〈文字〉中讀「中文系」、「只想寫詩」的選擇進一步尋求一種精神上的皈依：文字與筆桿，於希尼是父輩的泥炭和鐵鏟，來到孔銘隆身上，便化身成為負重搬運的紅白藍膠袋以及穿越母土和城市的地底管道：

　　　　我常常躬身，低頭

　　　　如引領我一同前行的鐵路

　　　　穿過石山的孔穴

　　　　我挨傍在透明光板，傾側肢幹

　　　　拿起記錄之物

　　　　敲鑿分行的管道

　　　　在狹窄的孔穴之中穿行

　　　　負重搬運

　　　誠如不少本土詩人深受希尼的影響（我也是其中之一），孔銘隆不少詩作無論在題旨上、意象上、文字上都對希尼亦步亦趨，〈管道──主持謝默斯·希尼詩會後寫〉是繼〈搬運〉後的又一例子：

　　　　如今，校門外那條邊緣的河

　　　　懸吊的繩索仍未有拉起

　　　　我俯身，沿着線，筆直地看河的表面

　　　　如履帶的水紋，似乎從山裏拖行過來

　　　　我便把畸異的想像，壓到

　　　　手上物器的方格裏

　　　　建成一條圓管形的通道

　　　　有人會朝它投擲，而它會發出回聲

　　這裏的管道，又從地鐵變回水井了，但也何嘗不是筆管。雖然這詩也還是滿多希尼的影子，但我也注意到孔銘隆反覆以受制、外窺的角度注入不少他自己的想法，還有「攀緩」、「拖行」那些意料之外的「延展」，這無疑是在想當然的縱向傳承以外，另闢一種橫向的無形滲染與影響的蹊徑。

　　詩集中我也很喜歡〈詩觀三題 ── 記文創班瑣事〉。詩中借「跳躍」、「迴行」、「意象」三種寫詩技法，與文創班上的學生及上課的情狀交叉對照；也借也斯、王良和與我的詩作互文生長，反覆鑒照，景情配合，收結尤好。

　　文字、寫作與倫理、土地的關係，是孔銘隆《海石敲響潮音》中最在意的題旨，也是全集中寫得最好的部分。香港本土詩雖不乏這類題材，但孔銘隆在傳承之餘還是很努力地透顯屬於自己的觀照；而反映在文字上，他的細密佈置和在行文措詞上不惜尋求可能讓讀者不慣的變異，也在在顯示他不會甘於只是前人的回聲。

目錄

輯五：貝殼上的小洞

輯六：海石敲鑿

泥粒纏結

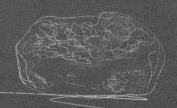

文字

像那天你在街上的眼神，遲疑
忘記回家的路，停佇在路的中央
路人在身旁流逝
目光和關注同樣在你身上流走
沒有踏出任何一步，二十多年來
你也沒有向家人走近一步

終於有這樣的一天，你執起鋼筆，目光遲疑
發現再也寫不出一個常用的字
張嘴，喉嚨卻沒發出任何聲響
一個遠古的語音，沒有帶上訊息
等待發現和誕生，然後是符號
你終於拿起紙，向兒子請教寫法
紙上的字細小，筆畫顛簸如步伐
撇捺仍帶有幾分揮灑自如的勁道
傾斜的幾行字，記錄朋友的地址
讓女兒寄送請帖

兒子寫了一次後你看不清，請他重寫

像兒子小時候的詞語簿，你說字體難看

要他重寫。力道過大的字

在下一頁紙留下字跡

然後你把簿擲到地上

紙張從簿上的釘子飛脫。兒子漏夜用膠紙縫補

缺失的筆畫沒有補上

隔天老師只責怪膠紙的痕跡

過分強調字體的完整

記得幼稚園時，老師教錯兒子的名字

執着漏了一筆的錯誤

致電學校談到尊重姓名的問題

後來中學幾年，兒子再沒有給你看他寫的字

家課藏在書架，而他在街上流連

現在兒子的名字在報刊上偶爾錯體

學生在課室裏為他起的花名

他不再在意別人對他姓名的尊重

想起那年選科

你說文字在香港不值錢

自己來港的經歷又在屋內重複拖沓：

字是從報紙自學，社會教會很多事

文字只能教會人生存

兒子不像你女兒聽話

選了中文系。口中煩厭的前景他沒有預視到艱苦

那年他只想寫詩

兒子沒有想過長成一位教師

記起你說字體便是人格

實習前他重新拿起鉛筆練字

偏旁過大的問題仍舊，而他逐漸修正

兒子發現你寫字的手有點抖

執筆的姿勢卻比記憶牢固

拇指和食指在中指上平放，輕輕

拘謹地着重筆畫

恰似兒子在黑板上勾勒的手

語音和另一顏色的粉筆在強調筆畫，轉身

學生仍朝着他的方向，呆滯

眼神裏他終於發現成長的時間，需要等待

一位學生作業上重複缺失的筆畫

左右顛倒的偏旁，再沒有激起他急躁的情緒

後來女兒的婚期延遲，你再沒有寫字

一天沒有爭吵的閒聊

你說文字有時像記憶，逐漸霧化

直至剩下模糊軀殼，只記得

幾個由你創造的文字

＊本詩榮獲「2020 年中文文學創作獎」新詩組優異獎

搬運——和謝默斯・希尼〈挖掘〉

在我筆下不斷伸長的句子
有時像一些遺落在無名角落的通道

街道上，我常誤認一些
老人。他們肩膀微微傾側
背駝的佝僂。膿包
兒時我時常想像
包覆的皮膚如此纖薄，待破裂時
體汁混濁如河道泛濫
一些髒土從堤的孔穴瀉出
我沿着膿包往下看
兩邊肩膀傾側垂落

上面，父親背負一個紅白藍膠袋
索帶掛在平滑的表面
家門的鐵閘，側身穿過
然後在走廊的盡頭

消隱在霧與餘光之中
我時時想像我長大以後
會足夠魁梧，穿過那層間隔
走到背後的河道
看一些頭髮花白的老者
在上面背着各自的重物

直至我在一個晚上，悄然
翻開膨脹的膠袋
一束束輕盈之物
捆綁成一紮如磚塊般的方體
我模仿父親負物的姿態
從他母土的田壟挖掘
提攜圓蕳成一條輕物
包紮。穿過一些河道
他地煉成燈芯上的火焰
他如是傾側，無形之間
一個家族從地上伸出絲線
像往天空生長的根，拉扯
身上的包裹。生長的枝木
繼續往土地深處鑽探

我常常躬身，低頭

如引領我一同前行的鐵路

穿過石山的孔穴

我挨傍在透明光板，傾側肢幹

拿起記錄之物

敲鑿分行的管道

在狹窄的孔穴之中穿行

負重搬運

管道——主持謝默斯・希尼詩會後寫

那時我的足踝還未夠強壯

跨過街門過高的門檻

於是我便每天坐在內廳前

方格階磚裏，我喜歡看

家中所有孔洞，外面

回形的家牆削去房頂

雨天時，水從四方的缺口

打進家裏，流到渠，或是井裏

房壁偶爾框住日光

家裏的牆磚便更亮更青

像田裏的番薯藤

我見過，深入泥土裏的根莖都是青綠色

而我沒有拿走田裏的藤物

他們不讓我爬進家中的井口

我便撐着井邊，俯身

穿過鐵井蓋的小洞窺視井的盡處

無底洞鑽入童目的黑

那裏，沒有倒影、動物、腐植

一天我才看清

家牆苔蘚，原來是從井壁

攀援上來，爬到牆的盡頭

如今，校門外那條邊緣的河

懸吊的繩索仍未有拉起

我俯身，沿着線，筆直地看河的表面

如履帶的水紋，似乎從山裏拖行過來

我便把畸異的想像，壓到

手上物器的方格裏

建成一條圓管形的通道

有人會朝它投擲，而它會發出回聲

重寫海角潮音

像兩個相似的海灣

兩條鯉魚隔岸相視

檔舖的鐵板把日光驅趕到

隧道的盡處，我繼續前行

港延伸到最遠的邊角，輕柔拐轉

海浪便從兩頭盡處緩緩前進

我喜歡站在石灘，等待

凹陷石碎中的潮水蒸發

遺落岸上的魚仍未長成

呼吸空氣的鱗片

日照之下，身軀緩緩傾側

細軟的嘴巴連番張合

有些漁民說他們的祖輩

從擱淺的魚僅餘的時日

提煉到海洋的話語，然後

刻鑿到岸邊的一塊巨石

幾隻野狗還在搜索

現在牠們不再守衛街角

家已不再上鎖

食糧的氣味牠們不停嗅聞

呼吸的聲音像魚鰓開合

畫魚

不知從何時開始，我喜歡看

一些不會壓縮的空間，喜歡看魚

攤在濕濡的簸箕，每早伸展出來

兒時，我常跟父親穿行在旺角的街市

魚檔刷掉的鱗片沾在我的腿上

血的腥味便自尚未龜裂的表皮

滲入我的身軀。我便在街道游離

像魚，在魚缸裏，與玻璃保持距離

我常常讓手心的餘溫霧化在玻璃

褪去的時間會思考牠們怎樣平衡

簸箕上，平躺的魚偶爾跳動

像橫街的癮君子，抽吸鹹水裏的細沙

我看見牠們圍着一條細小的魚

尚未長出條紋

某年我聽到旺角某條街道燃起了膠篷

群居的人在呼喊

我便想像到方格般的單位碎掉

沙石像灰燼蒸發

一具具屍體墜下，然後堆積

很多年後，我又在白紙上

不停畫魚。讓藍色的底色逐漸壓縮

密集，像回到一個竹簸箕

魚不再跳動。一堆魚屍

肚子破穿，流淌所有臟液

我喜歡看魚販把玩他的器材

魚鱗刷、刀、砧板，和透明膠袋

把魚包裹，然後往地上不停敲打

膨脹的膠袋逐漸變得皺褶

像兒時我從地上撿起的魚鰾

像火警時從舊式唐樓扔下的避孕套

搖曳——看過《數碼暴龍Last Evolution絆》

你現在才聽清楚

所有從港口帶來的聲音

那時你，從另一個小孩搶來氣球

洩氣成一團紅色的橡膠

包覆了他稚嫩的哭聲

那聲音尖銳，像姨姨送來

用未知圖騰仿古的器物，內藏

機械邊角，破碎的聲音

搖曳，你如是帶着它

擦響往返藍田的路

在原生的專注失調和過動時搖曳失調

在外展社工敲問時搖曳劉海

在筆畫掉落搖曳

在搖曳之間相信所有晃動

行走、跳躍、頓挫

都能孵孕出選中的獸，代替

你，預先長出魁梧的身體，背起

過重的武器，重複

所有戰鬥與死亡

而現在，偶爾我竟看見掌上

滲進鐵器的碎片，長出坑紋

織成大大的布

把養着自己的器物

包裹成一顆蛋

將骨肉摺疊成漿液

同樣把感受聲音的臟器壓扁

這樣，你仍會相信

小洞會在分神之時傳來

哨子聲呼喚你？叫你

用利爪和金屬撕開皮囊

在軀體裏長出更巨大的軀體

推開壓緊自己的爪

把高牆捅成一串符碼

又將自己羽化，分解

詩神

倚着窗半寐的時候

不要向掠動的影子回首

你只會捉下一隻鳥

你們對望之時

牠也會死去

皮肉的縫隙長出一隻隻蛆蟲

就這樣讓眼皮開合

不必睜眼，驚動

窗外的葉和枝

物事如是奔向你，然後穿透你

不如翻找身上的塵埃

想像它，曾黏附在羽毛上

在那剎揚起，飄下來

再有人從路上撿拾

在你睡着前，舉起，再看它飄下來

落到老伯的禿頂中央

他仍在橋邊垂釣

毛孔的縫隙中

一條幼細的髮長了出來

波浪又誤觸魚絲

橋上遠望乾涸

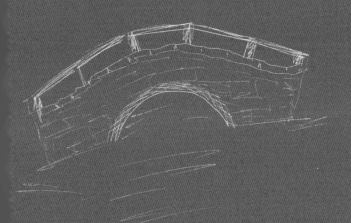

船

警言亦是一種儀式，我們迴避

黑色方木閉上的時刻，目光錯置

如昔，那天沒法趕及離別

從你遺在故鄉的親友，多番

探問真實生辰，謊言

生肖屬龍，鱗片是一種自我防衛

危機相伴的城市學會的野性

慢慢牢固的習慣，忘卻遺下的一切

鄉裏書齋同桌，共同成長的一番話

你們同是八十六歲

於是退化成一隻小白鼠

文件報大年歲，母親說

幾近三十年的差距

瞞騙出年約六十才得的子女

信任在多年間逐漸散失

我們至今才相信，你親眼看過

日本軍艦低飛廣州

日軍用長矛搶過手中的橙子

拖沓在屋內的夢話

印證你的生命與活過的年代

儀式使狀如船隻的黑木，載你渡過

那些印象裏漆黑一片的河

這裏無法目視之境

虛無在母親的眼睛

逐漸踏實，凝結然後浮腫

你或會坐在望鄉臺遠眺

公屋單位裏的家庭

為紀念而新添的祖先枱

那窮一生多想回去的鄉

我們為你化去一張路票

你便以回流的方向，渡過另一條

歸納為家族史，時刻提及的河

離別早已根着的城

我以你拖沓的舊話想像

你走來的路。他們以安詳概括

初嘗化妝的容貌

鬆軟的肌肉沒法架起

一如既往的嚴肅

糾結至精神錯亂的房產問題

給你送去掛上名諱的大屋

再沒有被騙走，用形式還去

父輩之間纏繞的心願

出走在農村裏的紛爭

或許散失在棺木之外

我也想像你重回故鄉的一刻

驚覺腦退化的弟弟早已失語

懷念曾聽他説的一聲哥

晚上的靈位，有人説望見

大香直立，等同你端坐在堂前

像那木牌，陽間軀體的象徵，寫上

姓氏、姓名、祖籍、生辰

刻入木裏的字，也如

聽母親説一些我未出生的軼聞

那為我用心雕琢的姓名

不願讓不知名的山峰壓着我的一生

撤去姑姐的建議。起下

童年時易被嘲笑的同音字

不文雅與俗套的差別

名字的複雜，我曾誤解成爭鳴的期盼

成長間才逐漸收下。從漢字學一門課

理解古老的字義，將要記錄

一切的寓意，想到時代與當下，我學會寫詩

你一再拒絕讓我長成執筆的職人

我卻偏執於名字的隱喻

轉向內在的自省

總結我們的生活，平實的語言整理

一些片段，異化成意象存活於我的詩

此刻我再無法書寫偉岸的詞藻

那些關乎前景的事情，宏大的書寫

昨晚放至你身旁，常穿的鞋

與你一生在遷徙，南遷

宜居與存活的追求

演活了壓縮的近代史

多年前，你把家族移植到此地

年歲不太相稱的子嗣

將送你再度遷移

我將繼續共生於此城

肩負起原始的任務

於是隨後步出

穿上白色衣服

沒有成群的幾個人

節瓜栗子瘦肉湯

多少個熟悉的晚上，飯桌上如舊

放置四碗熱湯、一碟湯渣

其餘餸菜一一端上，口味

濃淡分界，差別彷彿源自

那天你開始不願坐到他身旁，阻隔

你們筷子頭交互的涶沫

飯前他如常撕開過期馬報，嚴肅的字跡

與那條寫過的二串三鋪過飯桌

假裝為這頓飯付出，然後坐下

佔據一個專屬的位置

夾過節瓜、栗子，瘦肉

沾上豉油，顏色沾染白飯，然後遞往

嘴裏，增添進食的滋味

年少時不敢抱怨飯餸的寡淡

匆匆吃過飯餸。平放筷子

不准放到碗上的禁忌，頑固如

血壓高忌食的油脂，和每晚喝湯的習慣

用豬尾還是瘦肉的爭論，一直延伸

至湯碗上隔不去的油

他喝斥妻子重新吹去，你一直看着

母親的圓唇，呼過忍耐與溫柔

你想起每個下午，她獨自到街市買菜

——節瓜、栗子、瘦肉（有時是豬尾）

回家用文火熬湯，其實她不必煲湯

或許可以看一集《真情》

或許可以午睡，補足晚上洗碗佔去

壓縮的睡眠時間

飯桌上你揣摩父權與家庭付出

飯後多想回到沒有門的房間，而父親要你

等待飯後的湯，聽他說着沒人回應的話

你不願細聽，那年環迴在飯桌的家族史

如今竟成你寫作的養分

喝過飯後的湯，長成魁梧的身軀

於是你在成長中瓦解父權

如當他遞起喝過湯的碗，示意

母親為他盛飯，你回問：

你為何不能自己去盛？

也如一段時間，你刻意留連於街上

讓吃飯以外的事佔據時間

譬如閱讀城市，偶爾走進一家飯店

看鄰桌的四人家庭

多叫一煲例湯，年幼兒子問：

為何點湯，會多上一碟餸？

你請伙記寫下一餸一飯

壓扁流逝的時間，也把詩壓在手機上

母親每個下午來電，準時如

每晚重複佔據桌上的湯水，談到準備

份量與口味，你無辣不歡的口味絕不是

遺傳自父輩。擱置每天如是的瑣事

記起團聚的義務，久未共餐的母親

你無視編輯催交詩稿，早來的提醒

回家吃飯，他如舊發表你視為謬論的話語，高談闊論

城市的前景、世界的角力、哪國的總統

揣測一些陰謀，你皺起眉頭他又談起

教師應有的素養：你的脾氣不適合教書

抑或那遺在故鄉的父輩紛爭：

你不應再叫那女人作姑姐

那年冬至，你糾結後決定帶女朋友回家
吃飯，飯桌上他或許不太理解，為何
你會主動為女朋友剝去蝦殼，又說起
不會做飯，將來家庭的擔憂
在外不喝湯的壞處，你一再拒絕喝那碗
飯前飯後遞上的節瓜湯
如今只在一旁細看，父親與母親喝湯
熱湯流過二人的喉嚨，頸紋起伏
一如文火細長

嫁衣 —— 給母和姐

很少這樣觀察你的雙掌

退化的眼睛早已無法

把線頭穿過針的圓圈

再也沒法如小時候

口水沾濕線頭，變出一個尖端

驚覺電鍍的絲線如此仿真

像在孩童成長階段，換取生活的金器

亮光金閃你想像將來

女兒的嫁衣，你以縫補的手勢

輕撫上面精緻的鴛鴦

通紅的雙眼或看見，那件

同校鄰居用過的校服

或只不過想起同樣離別的滋味，那位

你遺在家鄉的母親

那時以為只是村與村的距離，卻在異地

經營一個家庭，年長的丈夫沒有說過

養育子女的艱難

不善言辭，卻以聲線斥罵生活的艱苦

渾厚的中氣喝罵出他們的剛毅

如今他們獨自面對生活

不懂別離的話，你說：「以後要夫妻和順

凡事忍讓。」

女兒竟視你為榜樣，聽過

婚禮的感言，此刻你驚覺

她早已長成，淚珠滑過的眼角卻如舊

皺起眼眉

4012

略顯扁圓的橙堆疊

在旺角街市轉角處，滾落到

傾斜的街道，你看着無法停下的橙

思考他如何靜止，承認此地為家

移植姓氏，兒女在成長間也根着此城

他早已習慣稱呼四海之內的人作鄉里

橙販如舊附送一個奇怪的臍橙

數字命名與凸出的副果突兀如

他六十歲老來得子，代溝

腼腆地向認識的人釐清兒子與孫兒的分別

差距他多年不願承認

用行走的步伐教育兒女

滿腹的經驗注滿屋內空氣。他從不用刀切橙

留長指甲、擘開橙皮，保留果汁之必要

後來你視為一種謬論

他抑壓勸勉與批評，有時是慰問

陷落的一處聚結黑斑，四周霧化成一圈

白色皮屑，現在回想成長

苦處早已深入中心

故鄉紛爭堆積成精神問題

每早呢喃，然後家人一一離去

張開無法言語的飯桌，痛楚

相依，公屋單位無法抽離的空間

之間無法割捨，依附原生

送院那晚，肺部一再擴散的花白

六十年的差距，早已預料必然到來的一日

你們在出生與死亡之間相互錯過

錯過記憶，他也拒絕把面容壓進相片

家庭不言於口的全家幅

偶爾吞下的果核，承載

家族史的重量，源自廣東還是曲阜

厚實的外皮如何保存溫柔，酸澀還是清甜？

想到如何向兒孫描述他的面容

像小時候害怕同學嘲笑他滿頭的銀髮

畫筆難以描繪他年輕的容貌

自小聽過他在屋裏重複拖沓的一生

或在夢裏看見他離開故鄉的身影

他早已把相聚時刻遺傳在鏡子

臍橙副果的肌理

努力保留果子的輪廓

鮎魚

他如舊日吩咐妻子為他煮上

一條鮎魚。外來的餸菜

送進病床，隔絕兒女於病房之外

他竟想到兒女已遇害的陰謀，認知扭曲

恍如你多番把他搬弄到你的詩上

成為一種多變的意象，譬如

一種故鄉的魚類，從童年

疏離的印象，他遠遊的經歷

想像你未曾見過的年輕身影

離開故鄉，努力在新的水域打轉

他多番呢喃的故鄉紛爭

堵住了歸去的方向

那尾淡水魚早已無法認辨回家的路

又或以陌生化的語言、抽離的人稱

理解你們逐漸生疏的距離：

你曾恨他無法理解鮎魚價格與家庭狀況

或是不能回鄉，父輩兄妹之間的心結

意識朦朧時，病床上他說看見船

一種不安定的象徵

插進喉嚨深處的喉管，起伏的胸腔

像兒時誤將金魚，到海裏放生

艱難的模樣，你才記起之間的年齡差距

他努力與家庭一同呼吸

輕撫尚有微溫的臉龐，上面

蹭痛你兒時幼嫩臉頰的花白鬚根

早已軟化，那種倔強

也移植到你的臉上

他離去時從醫院帶走

裝着數夜鯇魚的飯壺，酸餿

味道引領鬼魂回家

自此每晚也有一名出走的遊子

徘徊在你的夢裏

在出走與留守之間探索家的意義

送別是一種儀式，你們思考

如何為他準備臨別之宴

幾種味道之間為他討論歸根之處

那只吃淡水魚的偏執

他來自那個起點

祖屋門前

鐵鏈連着門環，封閉

木門如遺留在舊時代

早有外地的賊人越過，偷走

殘餘溫度的木盆、爐具

門神與灶君僅餘一角，尚有誰人

殘留虔誠維繫一個家族

四散於田野與城市的距離

木門虛掩，儀式轉化成重量

無力推開父輩的紛爭

每次離開像遷徙，從祖屋回首

挪移身軀，那年移植一個原生的家

後園的圍牆仍舊封閉

人們遷離卻拒絕死去

與澆水的孩子，各自生長

大樹早已越過圍牆

那是兒時幻想成長，仰望的角度

游魚

瓶子裏，那尾魚遷移到更南的地方
努力打轉，與邊緣保持距離
在狹窄的水域擺動魚鰭
想像自己，保留從前的模樣
季節彷彿沒有冷暖
恆溫的水，你想起從前
聽見蟬鳴那天，水還不算太冷
魚鱗與肌膚無法感知溫度
像跟過去的，一同遺棄

幻想或是某天，魚越過那條江
逆流，回到淡水河
找回從前的輪廓，發現：
棲身的魚，沒有他身上的紋
於是張開唇，對新識的魚
說起海洋的話語

歲晚

像病床的氈子，穿起雪白恤衫

赴過一些曾多番預演的儀式

年末，房子卸去厚重的祝願，平安

只不過僵硬的程序，等待換回

那面白牆，不如

白門前的蘭花、還未撕走

姐姐婚事的裝飾

紅事沒有沾上房子的空盪

缺失一人，將來的新春也如

每晚遊蕩的街上

雨與街道，常被你俗套地壓縮

搬到詩裏。莫名的冷感與心律跳動

你時刻在街上看見雨

原來節奏會走到所有物象

意象不需拼湊出來

不願照相的面容隨年歲沒有留下

你如何向子孫闡述他的形象

像你無法想像他年輕的面容

再度相見的時刻或許只限於

照看鏡子時，那自遺傳

相仿的面容，你深信彼此交會的時間

會如平安扣的紋路

朝中心混和，牢牢放在胸前

斑鳩如常每早鳴叫

廳子再沒有咕咕戲仿的聲音

龍眼樹

剝開外殼，小孩發現晶瑩的果肉裏，果核
像龍的眼睛，扔到後園的土上
幾年後回來
那時小學派發的綠豆，看過發芽和枯萎
學會了成長
雜草長得更高，翻開後沒有找到小枝
像穿過白棉花
旁邊的無花果樹仍舊沒有結果
想着扔過的龍眼核應沒有落地
或已死去

久未回來，園子的雜草更長
此刻不比他高
無花果樹今年的果實掉在樹下
不在此地長留的飛鳥，吃過腐爛的果肉
核有沒有帶到新的地方，移植
在認可的環境長出新芽

未曾見過的大樹長在旁邊

高過祖屋，與隔壁的房子一樣高

他們還在生長

滾輪

塑膠滾輪幾乎拆穿了一生的煙幕

輕盈的硬殼敲擊，然後碎裂

那位年輕父親把嬰兒車

武裝成為一架戰艦

走落樓梯，氣流便是梯級的跌宕

每下着地都是他新識世界的方式

騰空、碰撞、支撐

把布簾拉下，掩蓋外間的光線

這樣，一層裹布便把二人包緊

好讓世界就此混沌

他用手假裝撥開迷霧

每次歡聲都是跟隨破裂的聲響

父親的肌肉仍繃緊出肌理

滾輪每條往外延伸的裂紋

都是創世記的地裂

都是誤植父體的妊娠紋

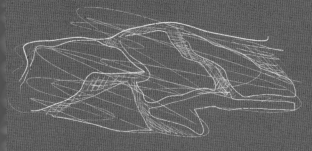

輯　三

甦

我們在海灘拾貝殼

我們在分岔前沒有想過

路在無人的海灘前終結

前方的人，往城市的路折回

讓湧浪沾濕我們的鞋子

帶走走來的痕跡

我們沿着未定的浪痕繼續前行

規劃的路線也許在一艘小艇的行經

或一次風的到來，變幻不停

細沙讓貝殼留在陸地

我們俯身翻找，細閱

貝殼上磨蝕的痕跡

在風流過的時刻，殼上的小洞

說着海洋的話語

終究我們找到恰如相對的貝殼

一個閃着如海面的亮光

一個蝕出海浪的波紋

我們各自從海邊帶走，屬於自己的一面

海岸線遠邊的落日逐漸昏黃

沿着將來的浪痕，往回走

就這樣一小步一小步

慢慢地走

石頭

據聞企鵝圓潤的肚皮
仍包裹着一種遠古的習性

灘上牠們啃咬雜亂的重物
翻找成家的憂慮

水裏小魚匯聚，牠們背對
影子自後背的皮毛發黑

一隻雄企鵝叼起築巢的材質
在雌性面前放下負運過來的堅實

牠便連番點頭，用喙應允石頭
磨碎擠壓的細沙

所以我說：如果有天我的嘴巴
蝕去所有咬住硬物的牙齒

請讓我繼續咀嚼，用濕潤的
嘴唇，朗讀一首輕盈的詩

隔離

我能想像你獨自守在空的房子

過冷的空氣擠出被窩

裹藏在皮囊的溫度

氣息像那年我們登上的雪山

走到雲層上面，看所有國籍的語言

在他們嘴巴前清晰可見

氣息又如不消停的風

颳起地上的雪屑

多年來，數不清的足印嘗試撫平

焦躁的雪土

這裏，光無法照穿霧的裏布

疆域便是朦朧以外的物事

足印和雪屑繼續在山腳糾纏

我只想挖一個山洞

燒火，把身軀煉淨

留守在山上

蜜果

記得，我們曾在南部的矮樹上

摘去一個蜜果

糜爛的果肉中央

嵌落了一排果籽

剖開時沒有仔細挖去

你誤食了一顆

它可有在你的身體

生長出芽苗

告訴你

它要跟我們

一同搭建新的房室

海霖

我總能透過落地玻璃窗
細看從你名字新識的世界
只有沒有終結的黑白灰
由於海上的一場雨
或是窗戶的黯褐

尚未遠航的漁船並排
以彼此間的幼繩連繫
遠洋的海岸二分着蔚藍
海天仍是同樣色調
偶爾區分着深淺
如果船帆還未隱沒到盡頭
海水是永不倒流的弧形

薄雲唯一證明，天色
渴望降落原屬的沉聚
然後等待太陽熾熱地召見

彷彿往生者能見的輪迴

雨一生的向心

應會是那起點，深淺的兩面

簷篷上的青苔蔓延盡處

我收下雨傘

感受你名字的世界

追光

那時候登山的路還未有光

月亮呈現末季的姿態

照出樹叢剪影，天空是底色

晨鳥沒有爭鳴，偶爾一類獨自哀號

我們無視戴斗笠的老婦招手

腳步只有更急，天色更淺了

趕上了隔山遮蔽的朝陽

對面山的弧度邊緣，微光滲出

天空摻和了早來的黃

而半弦月只是一塊將近透明的白

晨光擦過肩膊，在枯草上傾灑

光無法拭到我們的背

我們坐在崖邊的危石上

我眯着眼看初升的太陽

你指着倒影，説光已經到了海

海水味已沾在身上

從鯉魚門堤岸外的波浪

魔鬼山山腳到山峰

葉子和枝椏傾側的方向

老樹上兩片葉子抖動

一片飄向我們居住的地方

另一片掉落懸崖，望香港島的海

錯過了追光的年紀

我們再沒有登山

但日出依然，斜照着

學生眼鏡的厚鏡片

桌上書寫的白紙

或是我課上，用粉筆勾勒的黑板

而你則拉上窗簾

躲匿在漆黑的家屋

虛空的室裏保存餘溫

黑暗中守夜，不能見光的工作

你說已習慣，天空沒有光

只想生存

那次，他者的閃光燈照進你窩裏
不願揭現的物事，在眾人的目光
囚室沒有夜燈
鐵枝是圍欄，把光拒在鐵窗之外

光還是穿過鐵枝間
眼簾微微溫熱
雙層床下，地上的倒影
只有鐵枝和窗框的輪廓
當你轉身，雙眼慢慢通紅
眼眶中的一點晶瑩閃光
塵埃紛飛，在日光的軌道
緊縮的瞳孔會漸漸擴大

如今，我獨自在城市登山
撿起地上的葉
朝光伸直雙手，左右挪移

冷雨

飯桌上，送別的話語沒有說出

我們努力想像將來，笑語間

你讚揚留下的勇氣

分享計劃，期待異地冬日的雪

落地玻璃窗上，雨點密集

像對面大廈的單位，窗花掛滿衣服

略重的雨點滑落，曾想像成城市的淚

更多雨側打，我們看見風

吹過停佇在鐵管的灰鴿

無法飛越城市，偶爾看見候鳥

飛過每季，離開原生地

尋找傳說的魚，在陌地重塑家的形狀

有時顫抖，尋找容身的居所

記得一天與你撐起透明雨傘

看城市的雨景

雨緩緩滑落，沾濕外衣、褲子

你無法根着的鞋子

或在一個冬日，想起來自高樓間

一些不太冷的雨

雙連座

無非是源於城樓的報復

我們用畸異的想像

索求獨成一格的雙連座

廉航的機艙壓成更小的空間

獨處以外的物事

便一同擱在飛機繞圈的徑外了

你已睡着了，眉還在皺

夢裏，你還在嘮叨嗎？

那條突兀的臉毛，偶爾

在我臉上忘了剃去

墜下又抬起，傾側的頭顱

此刻竟像前方壓來的椅子

我便一同挨後

把頭，輕輕

壓回你的髮上

氣息難得平和，撫平

從你耳朵走進身體，不安的氣流

切割高樓的機翼

堅實的表面，竟反迴柔軟的亮光

城裏的事，也裹成一團

在亮光之中，溫柔地盪漾

輯 四

石堆中迴溫

共生——觀察三物

一、蟑螂

弱小身軀卻如警示，路上行人

驚覺，僭越或躲藏

屍體還是靜止，分別於

有否翻過身軀，無人在意的死亡

或早於清晨寂靜死去

拒絕一切俯視如憐憫

出自黑暗的物種，依附繁華生存

污穢的居所，安穩你們視作樂園

進食摒棄之物，厭惡明亮

殺戮歸因於不自覺般暴露

殘喘時躲回暗角，肢體抽搐

遺下後代，在必將死去的世界

承繼遭厭惡的身份，一天

如傳說：此地不再宜居

統治的物種大肆退去，此時你們

任意繁殖，不遭唾棄

將重釋家的模樣

馬路前停佇，拾回視線

仍舊喜歡觀察街上物象

俯身或環顧，補全

路上缺失的風景

奮力維持運行都市或生命，獨自追尋

一個可過活的家，走在共同踏過的路上

堅挺後背，拖着後代慢慢過渡

像對抗將必淪陷的預言

走出曾遺下成長的舊區

地上蟑螂抬走屍體，重歸路徑

記起自己的源流

身份同化後再競爭空間和食糧

逐漸承認此地為家

餘生見證都市逐漸淪陷

蟑螂屍體，穴裏保存還是啃咬

二、灰鴿

馬路上，聚攏的灰鴿未如想像

在一架汽車駛過後四散

緩緩走開，習慣與危機相伴

斜視的眼睛觀察死亡逐漸逼近

又像等待同伴死去，屍體

營養或使你們暫別危機

又一個早晨，如常啄食塵埃

尋找食物的姿勢源自父輩

抽搐般俯身你們承認彼此是同類

群居在密集的窗戶上

晾衣竹上駐足的空間

偶有揮舞報紙的退休阿伯，嘗試溝通、驅趕

人類的語言未能理解，聲線詮釋惡意

白天環顧城市，高樓間穿梭

晚上借一點空間，繼續相互滋擾

呼吸時偶爾仰望天空

像搜索家族史，想像鳥兒飛的方向

想起要做的瑣事再離開

行走時學習啃咬麵包，熟習特徵

翻閱報紙，地產廣告的排版

筍盤棲息在方格

恰如房子分隔成單位

穿過窗花窺視隔壁的生活

多想每晚吵架的夫婦，永遠困在目視的空間

或有一天出門時間相仿

在電梯暗罵，晚上回到相差無幾的單位

理解灰鴿沒有飛越頂層，停佇

歌頌建築商，樓層又再加建

三、白鷺

行經河畔時暫別思緒，張望

佇立在河水的長足，踮腳

行走，白毛不願浸泡異地的污水

覓食，扭曲脖子動作迅捷，如俯首

收納食糧，緊記留下的原因

曲頸梳理羽毛，像整頓行裝

長翅恰如其分，偶爾張開試飛

規劃飛越河畔，此刻

矮樹上暫存身軀

稀疏的樹梢終究無法掩蓋

異客身份，危機依伴的城市

你們將再次振翅，選擇

盤旋的權利還是溫飽，驚覺

一天河道的塘蝨無法進食

無法辨別污染與源頭，也

無意偏執於公義，離開與否

終需移植胎盤裏的後代

成群飛去，以回歸的姿態

仰首早已無法目及，蹤跡

隱沒高樓之後

飯桌間你的心思早已離去，身軀亦

將相繼離去，你讚揚留下的勇氣

此地將淪為故鄉，如摒棄

移民不需帶走的舊物

不再眷戀，失去房產不感可惜

樓宇與城市共同荒廢

或在多年後，削去厭惡的輪廓，在異地

跟後代一同悼念冰冷的屍體

認知一個陌生的地方，你將學的語言

描述曾經版圖的形狀

離開時再度仰首，剛起飛的飛機

恰如白鷺展翅的模樣

俯視，早已根着的鞋子

＊ 本詩榮獲「城市文學獎2020」大專新詩組冠軍

大尾督水壩 950 號牌前後

行人路二分着海水，堤壩上

隔岸小島連接的橋樑

沒有盡處地蔓延

——隨風而來的海霧

迎風的一臉霧，濕潤臉龐

拍打堤岸飛脱的浪花

或只是天上過雲在白日下的過重

左邊的死水倒映了晴空

堤壩守護得來的平靜

白雲半掩了烈日

風是從右邊來

躺在石壆上的對焦

眼前一幕蔚藍掩上

仿似眼簾緊閉，單一的漆黑

而眼眶不經意作了邊際

偶爾吹來的白雲

以及覓偶的蜻蜓

作出天空底色的提示

白雲從右邊進入界線

將近透明的陽光對照月亮

只是一塊將近透明的白

斜照出山的剪影

沒入對岸的小島

空氣略沾了幾分昏黃

沾上夜色的海霧更為朦朧

往回走，從歇息處

澄空使月光更親近

在沒有路燈下

只給了幾步範圍照明

描出了亂石輪廓

魚竿揮出

白鷺往山裏飛去

重配——記東蓮覺苑

仿般若船的三角寺院
沿着往舊馬房的馬路斜上
假冒一隻船，背海逆行
而海岸線已填得更遠

黃色琉璃瓦排至斗栱
偶爾幾隻聖獸仰望簷頂
雙龍正在爭珠
石匾上的字刻在仿造的石
包裹合成的建材
偶有石屎剝落
寺院外的黃網裹着

彌勒佛笑面朝着前殿寺門
背後，韋馱菩薩兇相
手上法器壓於地上
「止單」掛牌立在大殿

沒有行腳僧卸下衣缽

有人誤認大殿的樓梯

是橋。經歐式的接引，到達

古老傳說的彼岸

西式迴廊環繞着佛像的頂

如一頂冠冕

迴光自堂前

常亮的橘燈，或外街的日光

照來。中軸旋轉的義式長窗

半邊攔着橫街

彩繪玻璃不規則

光也是叛逆的

殿上，參觀者和音樂家坐在一起

圍欄放置，劃出一圈

坐墊無人跪坐

演奏的人便吹起笙

走到一排佛像遮蔽的後殿

另有一位，敲着一列木魚

穿梭於更凌厲的笙聲

小佛像坐立在前端的房間

掌舵，光亮的智慧引路前進

穿行在店舖圍起的海

重返偏殿，導賞員

說起地上的圖案

歐式的美學拼砌出佛門花母

二分偏殿的屏風拉門下

兩塊瓷磚損毀

如寺頂的琉璃瓦

無法重配相同的色彩

靈應之旅

大理石山未曾平坦
山石罅隙間，雜草叢生
苔蘚便躲在石上的紋理
寺廟坐立於石山
僧人伸手，觸到水氣便想像成雲

山裏的洞口，日光透在石壁上
露水無法折射一些轉譯的訊息
早有僧人聽過預言
手刻漢字碑文
山上樹木是豢養千年的柴火

電梯如是穿梭、接運
像紅白錦鯉在半綠蓮池游走
朝水上追咬影子
本地導遊操着外語，解説
寺外蓮花的象徵

佛像雙眼望空

雜色的鴿子圍攏在池旁

啄食着一堆乾涸的椰子

白色的內皮早已啄穿

鐘聲定時敲響

長髮尼姑在廟堂內換上尼服

用揚聲器擴大呢喃

停歇間偶有磁聲

旅人圍攏，一兩下快門穿插

越南語經文早已無法辨認

一個背部佝僂的老婦

朝着佛像，兩步才走上一級

緩緩走上石梯

絆到石階上一隻死鳥

屍體上的螞蟻肆意爬行

烈女

補鞋的小攤橫出街道

路更狹窄了

小巴站置在路上

有人正在等小巴

有人繼續前行

小攤背後的鐵閘拉上

仍未建成的樓

聳立在另一端的地盤

偶爾傳來鐵器和機械的鑿擊

櫈子陷在小攤兩旁的雜物間

老婦挺坐，倚着更高的櫈子作業

斑白的雙眉朝上揚

偶爾有人解開皮靴，遞上

她的皺紋朝眉間拉扯

拿起鐵鎚朝靴敲打，撞擊

一聲聲如她的手腕的青筋清晰

然後，她在皮靴

繫上鳥狀的繩結

然後用布拉扯、擦拭

光，從樓間透進，留在鞋面之上

她從口袋掏出火機

燃起她一直叼着的煙

如臉斑般深褐的嘴唇

朝天空吐出一縷氤氳

慢慢上升，高於城裏所有樓房

在揚起的沙塵中不可見

FREE HUG

排列，相擁，行走
依然，海旁古老的習俗喧嘩
從寒氣煉出水滴
如皮肉上細小孔穴，釋出汗液
黏貼陌生的身軀
聲帶末端未掌握閉合
口袋拋出絲索，如腺體的氣味
男孩過長的衣裝裏面
仍未長成的骨骼縮得更小
突出的衣袖，似乎正在伸展
把異性的毛孔吮乾
雌雄的肉汁，攪拌成混沌的母胎
鑲嵌到漆黑管道的深處

想一番話

岸邊你觀看一條快將擱淺的魚，低頭

想起他遠自深海的家

或在一艘漁船逃生，別過的羅網

仍像這陌生的海灣

礁石堆積，鱗片無法對抗危機

略見龐大的身軀錯置在石隙

於是游走在表層，與你一同仰視天空

與水面，清澈反射天空底色

雲在海浪間浮游

同樣無法對抗急來的風

港口的方向，你想像離開

想起那番話：終在一日離開這海灣

背後剛來的風

此刻你回首，遠山流來的清水

你想起怎樣從泥濘走來

風九種

一、泡

孩童望着天空

鼓起腮

呼了一口氣

樹葉抖動了

孩童哭了

二、花粉

途人蹲下

嗅嗅路邊的野花

花瓣飄落

途人打起噴嚏

朝地上的泥

三、白撞雨

登山的人在山頂遠眺

烏雲遮蔽的朝陽

雲層散去

人們躲在大樹下

四、浪

你在岸邊

我在遠處看你

你我都近了

你低頭看看

擦擦鞋子

五、魚

你浮游在海浪的進退

遠眺岸上的人

海浪猛烈起來

途人低頭看岸上的你

六、雨痕

細雨輕輕打在車窗

朝車駛往的方向

水珠慢慢流向車背

窗更模糊了

七、風箏

孩童使勁地跑

風箏飛了起來

孩童停下仰望

風箏朝天空飛去

繩索飄落在地上

八、麻雀

你張開剛滿的翅膀

朝天空飛去

飛過頂高的樹

往回飛，站在樹的枝椏上

樹葉沙沙發響

九、樂園

氣球從天空飄落

小手抓緊繩索

木馬還在旋轉

孩童沒有哭泣

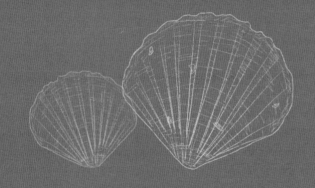

輯　五

貝殼上的小洞

肢幹

他們模仿蛇的挪移，把一節脊骨

輕輕抵住乾癟的田壟，凹陷的細處

裹緊接合的末端。拱起的弧形

狀繪山脈的薄霧

他們繼續伸展

在空氣和水之中蠕動，跨越海灣

模仿等待失重的流體

剝脫解離的鱗片，着落

在泥塊之間消隱

此時，土地長出鋼鐵的支架

拉扯朝向陽光的樹冠

一些樹，未及學會輕柔

抓緊泥土的根縮回果核。等待

那群被驅趕在邊境的鳥

啄鑽堅硬的石頭

山上，遠古的樹木再次挪動軀體

纏結的枝條紛紛一同斷割

繃緊的肌理拉扯、扭曲

向喧嘩的方向俯伏

屈曲的樹幹沒有斷開

像委靡的蛇，脫落

膨脹。一層風乾的皮衣

頭骨

恍如肉與汁裹緊骨骼

車廂擠擁的空間肌膚黏貼

一個中年男子。我注視他

背駝以上的頭殼

火從暈眩的中心升起

蔓延，殆盡植草

我穿過空洞的植被，內視光亮下面

內藏了沼澤和溝壑

考古學家輕沾膠漿

接合骨骼的碎片，紮緊成

一個圓球置在博物館的中央

中學考察，我跟他眼窩的凹陷對接

光線便從射燈散失

直至我學會寫詩

老師連番呼喚，亮光

在出口處騰出空間

幾個人圍圈，聲帶不斷顫動

討論如何處死

第一個發出雙唇音的人

展覽

當詞彙是種局限

所有挪動都會是一首詩

巨型畫板上的顏料凝結

名字的溫熱在微卷的筆跡

一同風乾。方塊虛淺在畫布上傾倚

我們想像高樓層疊，然後遠處

是海灣。漸層的浪吞噬其他線條

人群圍攏張望，各自辯證

中央剛發現的白痕，像獵奇

像一張裝作偶然的照片

各種出奇的象徵呼吹

滑稽如把持手機對準自己

所有畫筆的拖曳成為佈景

灰牆收納的物事都將收來焦距

我們戲稱，不如把骯髒之物

用卷軸藏好，裱在牆角

又一群人在一幅磚牆前面

特寫五官

Art Form

(一)

一時的驚愕自旁邊的卡紙鋪展開來

註釋柱子物料：黏土和人體脂肪

還有經血裱在卷軸，歷經

時日，在忌言的界域捲摺

展開是一種聲響，先銳分子在狂歡的廣場

用火藥，在硬化玻璃嵌入一粒堅實的果實

一一記錄，高頻聲似乎沒人聽見，舊式電視

播放一群人脫下衣服，然後疊起

黑白相框裏的男性來自老城東邊的村落

長髮，赤裸，畫上唇膏，行走在古老的城牆

少年在影像作品前戲仿他的動作

同行友人圍繞蹲下，拍攝一幀Boomerang

圈出展廳收納曖昧的碎片，磨鈍

鋒利的邊角。置棄在逐漸模糊的邊緣

（二）

蠟筆掉進封閉的盒子

它劃過四面，表層光亮的

黑，噬去所有著色

自此便有更多模仿的筆觸

一些人找來更驚異的物質：

經血、皮脂、骨灰、穿孔的玻璃

子彈鑲嵌其中

震驚鐵屋的聲響

紋路破裂的圓孔

如血脈般自中心開散

像山脈和河流，水

從遠洋的低處回湧

有人在山上，用毛筆

描繪不到山河的顛覆

便揶揄那不過是一時的反叛

他光滑的宣紙也長出了條紋

交錯如霉黃的裹足布

（三）

我不要再發出聲響

但不說話，嘴巴會傳出味道

外面有異物伸出長爪

狩獵口腔深處的腺體

早上，街道有人宿醉

繫上領帶

坐在巴士上層

安坐的人與他平排

眯起嘴唇

倒不如把它藏起

把它割下來

用瓶罐裝起

用酒精浸泡

時鐘

夜裏會聽見鑿刮金屬的刺聲嗎？

匠人還在倒模足印

鑄煉他者的腳鐐嗎？

夜裏，我看見遠處的時針發亮

大樓早已消隱

時鐘十二輪敲鑿都靜止了

這晚，很靜，很靜

偷來的語噎死了學舌的人

城裏再聽不見滑稽的音噪

圓心消停了一會

未有謊稱星宿的朝向

學行

寒夜是回聲喧嘩的日子

忘記時日，有人把一枚硬幣

扔往城市的谷底

四處，沙地爬行的物種

爭相模仿金屬鑿擊的聲響

牠們吃掉帶刺的果子

把刺針扎進喉嚨

試圖結繭，填充喉管的空間

呼出的空氣擦過收緊的喉結

一天口腔逐漸填滿

聲帶無法再震顫

然後牠後肢抵住地，撐起身軀

雙手捂住頸喉，踉蹌而行

窒息之時牠兩足立地

僵直的手至死亦無法學會持物

踏行的姿勢活像學習跳舞的嬰兒

咒罵

這是一個追逐腐臭的時代

所有人都失去嗅覺

圍着學舌的鸚鵡

他們祭祀、鼓舞

我把所有咒罵都煉入石頭

堆在腐爛的土裏

土裏的蟲也無法啃咬

這塊該死的石

那隻學舌的鸚鵡

盜竊石頭的符碼

便會噎死

水氣

每晚，喉管的氣流一度停窒
所有人的鼾聲
呼成號角。喚來
地殼挪動的語音
盪漾的光，晃在鐵瓦之上
我俯身鑽進矮小的牆孔
穿過漫起瘴氣的林
輕輕撥開纏着井蓋的蔓藤

四月，霧濕仍在喉結
井口凝結了一層氣體
那是住在地下的人，血肉剝離
煉成的漿
俯下的目光無法穿過那一層氣
我看見井底
無數的手試圖推開這層纏結

祭祀

這裏無需鋒利的刀具

柴棍，帶來的火焰

木架自會拼出筆跡

不需有人編寫時間

斧坎裏的眼睛看見有人在祭祀

虎口的虛位已丟失兇具

毒舌者割下自己的舌頭

與那些詩一同焚燒

煉淨惡毒言辭裏的骨頭與尖刺

用純正的語言

墊起他們膨脹的骨架

死鼠，蝸牛，及一些討厭的鳥

暴雨，所有越軌的想像

便在蜷縮的蝸殼裏

臟器不安地敲響

像籠裏的囚人

鐵器捆緊骨骼，用痛楚錘擊

無法掙脫的迴廊

漸輕的回聲走進積滿屍體的胡同

你還在尋找那隻誤入穴口的鳥？

溫熱早已熔化羽翅

將身軀黏在角質

那不是離去的聲音

你還在具象聲音的隱喻

耳窩的意象矯形成蝸殼

回形只是圈養的狀樣

你是封上石棺的巨人

你還在問地上小鼠的死因

身體是被雨水掏空

還是露宿的人，昨夜

鑽進牠的身體

像一種遠古的儀式

用他物的皮脂封存自己

雨水在屍裏積成河

你會把胎盤的水喚作母親河嗎？

河水又會在推敲的世紀過後

再注入牠的身體

讓牠膨脹，成為

一個威脅城市的龐然大物

有人說要將破洞填滿

用捕獵的脊骨

水自邊緣滲入

一個晚上，便將膨胖之物

活生生在路旁剖開缺口

傳唱

是的，我說

只不過是戲謔的聲響

那位匠人未曾看過陸地的邊角

在博物館剽竊一塊石頭

鑿開泥沙裏藏的魚化石

拔出屍骸的喉管，在嘴裏吹奏

他在口裏造浪，滲入骨的密孔

風吹過尖銳的邊緣

他在城市傳唱金屬的呼嘯

聽過潮音的人已經老死

是的，再沒有人走出紅磚

這裏再沒有海

靈光

我不在意，可有人相信
一首隨意的詩
我的聲音是否真誠，這不過是拈來的
就像每晚摩擦屋外的工人
正撿拾癱塌的鋁罐，表面反光

我，走到售賣衣魚的書店
拿起一本書，翻開偏後的一頁
那可能來自一位歷史學系的學生
一個尋求死亡的人
一個沒有根源的嬰兒
就這樣捕捉一個詞語
是的，我們只是巧合
是普加利爾或克里斯
有人喚它們作閃亮的靈
一閃便是我發音，聲帶顫動
為之命名的一刻

仍然有人把筆比喻成土豆

躬身把借來的語言，雙手奉上

他們纖薄的身體早已變得更瘦削，透明

徘徊在他們自己的墓洞

守護。那些虔誠的新教徒

把聲音煉成尖刺

再把自己拉扯得更高

語言的偶遇是毒舌者謙卑的墓誌銘

螢

就這樣看着那亮光

懸在山林的霧布

病樹用它的創口

吞吃風和葉的皮屑

樹穴的深處，架了一個木壇

發亮的蟲正祭祀身體

瞳的中央煉出更潔淨的火

林裏的黑愈發沉默

靜，剝去飛蟲的觸手

肢節的煙仍未熄滅

我從地上撿起一絲火舌

拿着蘭草走上斜坡

彼岸的人未眠

他正在凝視僅餘的光

輯　六

海石敲鑿

詩觀三題——記文創班瑣事

一、跳躍

窗簾的餘光散渙，透進

課室，桌椅凌亂，午後

呼吸塵土然後點名就坐，拘謹

身軀推至課室的一隅

空氣逐漸壓縮，而我們

用聲線聚攏，聽詩

一位學生留守在角落，挨倚牆壁

碰觸手機螢幕無聲，敲鑿

空格鍵回車，驅動斷句與空格

詩在行進。並排句子長短交替

鄰座的絮話，談起留下學詩的誘因

朗讀入聲的張合仿似啃咬食糧

黑板上抄錄城市詩句以後，粉筆

筆畫尖銳，屑碎像街頭的塵埃

地攤與店舖鋪展

我們覽讀街道，你們發現

詩的舊語不再可觸：

那些熨斗、電鐘、書籍、衣服

如平躺的音譯街名，嚤囉

沒有帶上訊息的語音，說

城解讀高樓的意象

一代中空，如斷層的樓房

不再立行在街上

觀看耐性，放置在教科課文

僵化的文字辯證空談的修辭

沒有發現塵埃，吹起只是城市的皮屑

錘擊的聲音如窗外走過的引擎焦躁

餘音，煩擾是一種成見。我們讀詩

仍在思忖街道名字的典故散佚

終究我無法叫你們用肌膚

剖開生活的皮質

敘述概念寫成一種習慣，現實

如走過的街景在眼角流走。拘謹

拼湊物象和陌生的思考，句子

等待眉批一些觀念錯置

於是他讀出一些弔詭的句子

輪流拼湊一些錯配的組合

一些驚艷的想像：執筆似持缽

乞討恃以行進的食糧

碎念之語鑲嵌在可見的物件

詩稿扭摺成紙球

你們背走行囊時扶正椅子

二、迴行

我們又用初識的儀式見面

點名，你們的姓名依次呼喚：

嘉穎、之淇、雅婷、榮昊

回應如掀翻家族的根蒂，配搭

兩個艱澀的字，一些典故逐漸呼出

我們拆解名字與詩的形式。父輩的期許

置在前句的末端，斷句然後

描繪你們生存的圖景

刻意組成的連結之間

更多的意象滲透開來

分神時仍舊觀視窗外

走廊屈曲曖昧，校園迴成水井的形狀

內視操場的向心，跑過嬉戲

我們想像間模仿讀過的一首詩

用語言找來一個水桶

往井口扔去，盛起根源的水

然後撈起那昏眩的小魚

轉醒，原生的魚類目露凶光

校門外的小河，小渠流出污水

工業的虹跡緩緩流淌

支流匯聚到城門河，向海

還會記得乾涸的一天

斷流的污水如散失的家史

兩代筆直地立於河道的石壁

如是拒絕由源頭說起的詩句

詞語，不再迴躲至末端

分裂與連結之間拉扯距離

於是構思一個將來的家

後代便從移植的姓氏，繼續流進城市

房子不再生長。萎縮的空間

摺疊的肢幹像迴行的短語

分裂成畸異卻安妥的模樣

安置在四壁之下

晦暗的燈光，影子未見拉長

三、意象

俗套的言辭似乎在呼叫往昔

你們未見過熟悉的顏色

逐漸發黃。痕跡仿似發酵

霉菌自中央逐漸往外擴散

但紙張老去的象徵，偶爾

投置在你們的詩句

時間的言語沒再標示

黑板寫上一切關於舊的詩題

取納成長的物象，書寫，持筆的手

其實未曾停止揮動

字詞在筆畫之間交替築起，圖物

像那位，坐在巴士上層看詩的人
仍舊保持倚坐的姿勢
詩集已經誕生。而現在
他已經思忖髮色褪去
一些學生奔向他
然後在眼角和身旁經過，像
流水與潮音，有時

我們繼續討論意象：金粟和葉子
著色一些物事，然後時間濃縮
再堆疊出來。果子裹住時日
言辭配搭與空白，繼續挪動器物
刀剖開外皮，掰開果肉
望向中心的根結，肌理
逐漸往外伸展

交出詩稿，仍執意驅動意象發黃
生活的片段如是壓縮
省卻的情味。符碼未經斟酌
運行一些跨越時間的意念
羅列背誦過的矯形詞語

時間便在筆畫之間跳躍

一些學生仍在量度

話音和課時重疊的拖沓

鐘聲如常響起

餘音與收拾的躁動

節奏，竟仿似抽走詩句

時間意象，錯落的音節

* 本詩榮獲「城市文學獎 2022」大專新詩組冠軍

課件——詩五首

削

末端的尖角逐漸磨平

白灰堆積恍如汁液凝結

拼砌成一支粉筆

漿塊在熱氣軟化，流淌

在樹皮之間的縫隙

然後逐一落下

白粉筆塞進單色的筆套

窄口磨去突出的邊緣

黑板上來回磨擦

鋒銳的圓逐漸變鈍

一名學生坐在一角的桌椅

垂頭抓撓頭髮

幾根幼長的髮掉落

彎腰，從地上撿拾空氣

像儀式覆回頭頂

拉扯蓬鬆的頭髮

脫掉之處，頭皮裸露在稀疏的髮間

毛孔依次丟失血色

鑿

筆畫勾勒之間粉筆黏附黑板

在中央與邊緣來回碰觸

課室迴盪起敲鑿的聲音

早上，學生如是呆滯端坐

桌前翻揭筆記

揭起翻滾的朗讀聲

打開筆蓋，筆桿末端的金屬尖鋒

如常一一抄錄粉筆的痕印

透過紙背的字跡

承受所有敲鑿的力道

她握住筆，讓大腿的筋肉

吞噬筆的尖刺，痛感

驅散跨越夜間的睡意

裙襬之下的傷口整齊有序

尖刺的痕印像書釘

把等待褒貶的考卷，一同

扣附在壁報上面

叩

她輪番在學生之間彎下腰

像一種探問的姿態

指尖在課業上挪動

量度字的拉扯，界線的位置

方格線與字跡不可拼合

而此刻，她仿似佝僂的身體

彷彿正在蜷縮，縮小

直至能投置到她晚間的日記

隨筆的修飾間，她彎下的身姿

竟逐漸異化成一個半張的蚌殼

而學生，矯形作蚌中的明珠

正端坐在各自的座椅

文字以外的是一種齊整的亮光

一隻手壓平紙張，另一隻手習字

目光面朝課室的中央

身軀微彎，像一種叩索的執着

角落一位學生無法連類的身姿

微微扭轉身子，傾倚窗戶

俯望，彷彿等待一些堅實的聲音

行

一位老者遊走在種物之間

枝葉委靡，軀幹無法舒展

越過走廊的界線

未開的花蕾沒有長出異色的傾向

他們腰板挺直，花莖中空

末端的脊梁沒法架起過重的冠

於是像斷裂一般垂伏

喝斥聲放射般散放

女教師竟想到陽光的隱喻

捕捉視線像向光的慣性

缺席是另一種行走

泥土的養分培出機械的骨骼

鐘聲的節奏如那位女教師的聲線

早已矯飾成沒有起伏的音階

聲音轉譯一種反射

他們提取課業，移開擋道的桌椅

下課時路經球場旁的走廊

貼堂的畫作如是擺放

解

一些符碼在算式之中，輪番

揭示與隱藏，像一些

無以宣洩的訊息

在恐懼之下縮回身軀

啃食胸腔的詩意

她繼續教授等式的平衡，戲言

等號如師生的對視

教師筆直的站姿是一種謬誤

無法解算俯視是僵化的角度

黑板前面的算式臃腫

文辭在教學間逐漸膨脹

一名教師輕撫學生的後背

家族的背景是一個繁亂的結

外衣過大，長袖扭纏在身體前方

桌上的算術課業空白

那學生在桌椅底下把弄

纏緊的指

執

想像一種猛禽懼怕鮮血，缺失

獵食的天性，變異在或然的一代

靜待平躺的獵物，死去

血液流淌過後，採摘身軀

啄食骨頭的聲音，在樹林裏面響亮

而那處，仍舊傳來敲鑿的聲音

教室裏沒有言辭

文字逐漸填滿所有空間

黑板、筆記、紙張，作者的圖像上

只劃過的字痕虛淺，然後

逐漸牢固。他們執筆的姿態

像以往一般，還在素描眼前的物象

畫過只裸露線條

單一的顏色可能是

黑色或藍色，在預設的橫線上拘謹

攔住侵入身體的文字

畫簿早已掉失在背包，暗格裏

沾上蠟筆的掉色

那時仍想過學習起草的必要

畫紙不願落下實在的設想

物象的輪廓僵化。攔住

所有越界的想像

外框其實是一種骨骼

肌理在肢幹生長

而後來，顏色逐漸負重

壓傷手掌，紋理逐漸磨平

翻揭書本時把畫筆擱下

扉頁沒有留白

口吃

講台上的教授束起短髮

講授時偶爾編織外語

短促的語音纏結一個魚網

某些議題需要刀刃。繩結的邊緣

在吞吐的氣息中磨出刀鋒

緊湊的剁聲響起

他趨前挨近，桌子蒸發

頭頂的氣體，囤積成一團霧

瘦削的身軀緩緩升起

講廳中央的雲層逐漸堆厚

膨脹成原爆的塵埃散開

台下的脖子拉長如家禽

天花抵住了他的頭顱，壓彎

頸椎。他連續發出幾個原始的聲音

嘴形像一條擱淺的魚，吐出透明的魚鰾

流體

那位男教師每朝上班前

習慣架起長形小桌，在狹窄的客廳

連接電源，把水煮得焦躁

接合金屬與毛絮，燙平恤衫所有皺角

洗漱前，他盛起一盆水，合起雙掌

碎念一些聲音，細看

面盤中的亮光

昨夜的面容在水面輕晃

他走到街上，側身躲避

倒行的拍打與尖刺

月台上，門前等待流動，驅進小孔

巨石前矯拗身軀

一些明滅的光無法在他身上著色

他在所有意志與色調之間潛行

辦公桌上，他習慣枱燈閒置光亮

用儲水瓶盛來一些水

放在桌子下，豢養亮光

所有人離去，他關掉最耀眼的房燈

從口袋挪出手掌，嶙峋的指拿起

一支筆，書寫外面的亮光

長長的影子仿似一把刺刀

他把表皮背面謄錄到白紙上

獻祭予杯中的火光

無形之物上升，空氣頓時扭曲

下班前，他如常走到廁所

橢圓的盤自動流出黏稠的水

燈光幽暗，將近溢出的水面

面容在沖擊的白泡上

扭曲成一個狡黠的笑容

恰似他點頭時臉部的抽搐

樹木

那是該討論將來的年紀

踏過校門外的青苔路

濕滑的天氣，何曾在路上滑倒

討厭穿上校服的原因可有數個

你還未長成可以談詩的年紀

一些成長的意象

像背誦過的課文

散失在教師的批改紅字，抄寫改正

只不過俗套的文字

偶爾想到字的含義，然後發問：

「為何樹會象徵成長？」

中文字其實更像圖騰

描述象形文字，美術的想像

根部、年輪、木紋、樹冠

該有的模樣是種遙遠的觸感

你俯身觸碰泥土

習慣

她習慣把連着的帽子，拉高

包覆頭部。雙手縮回過長的衣袖

一個更大的骨架，佝僂

伏在她的背上

頭髮從兩肩伸展開來

纏繞桌上的紙和筆，圖畫

人像側面，他的短髮

可能屬於那位

想像出來的雄體

壓低的聲線伏下，抬頭

回應喚聲。先把拉鏈拉得更高

兩肩拉寬，徵狀沒有向橫生長

外衣觸碰不到冷暖，身體

不用太多，僵硬的言辭

拖沓

聲音如霧，纏結成

無法斷開的絲線

你抖動的脖子

聲帶連番顫動

你不如試試

停歇，好讓飄浮的塵埃降落

繩子抽回

骨肉便會繼續生長

抗辯

是哪一個詞
把天空的黑調按壓下來
沒有誰，沒有誰再看到
樹上最高那片葉子
表面的亮光。所有刺眼的
——從缺
擱下的薄膜架在枝節末端
剝離出來的樹液凝着
包覆，裏藏幾個舊詞
空氣是一層無法目視的漿
一隻鳥就這樣偽造出來

牠就站在枝椏之上
揮動更薄的羽翅
拍打水氣，推挪身體的屑粒
灑到屋裏面
牠的目光又穿入窗户

模仿裏面蟄伏的人

蜷縮身體，屈壓隆起的囊裏

內藏的管道

每早吐出，喙裏反芻的塵粒

牠如是，把每次倒流

都認作碾碎的果實

牠就這樣吐出混濁的唾液

浮升的氣泡，薄膜逐漸鮮明

像在課上打呵欠，呼吹的悶氣

換季

早到的寒氣隔着陸上的洋而來
你們都趕不及
裹藏繃緊的毛孔

你們的身體，四肢
仍未夠修長
不能撫到窗旁的樹

而那棵樹，卻伸展它枝椏
拉得更長，更幼細
撫到牆壁上的油漆

皮肉綻破出稀化的肉汁
沁入牆上的坑洞
那油畫不再有白色的空洞

每日重複偏移的影子

樹幹越界的掉色比它頑固

盡處，一隻仍未死去的蜻蜓

在牆上攀爬

粉塵

我把手肘壓近黑板

粉筆與壁之間的傷口

黏合得更緊

碎屑緩緩落下

這樣，所有粉碎出來的塵埃

也會騰飛起來

它們無法擊響地殼

安靜得

如一位學生在閒息之時

悄悄走出課室

讓身體和一切騰空

為了記錄，為了着地

皮球

放學後，我喜歡倚在欄上

看你們在球場戲玩

一兩位老師偶爾會驅趕

穿着皮鞋的學生

吵鬧之中夾雜齊整的聲音

皮球自高處墜落

一時輕盈，一時沉重

錯落，但竟合併成一種節拍

有如年少時

車在石屎路的擦聲

背包雜物搖晃的碎音

汗水滴落，淹死夏天的蟬

樹上的葉聲

那是我現在的皮鞋

在走廊磨平

也無法模仿的節奏

鞠躬

如果不呼喚你們站直
你們，仍在待夢的出口，晃神

醒來然後躬身

澆水般尊敬泥土，一直俯着
我們一同站立，在這片大地
會延展到所有邊界
你們將逾越這些隔間

還是及早學習接疊骨骼
你們早已預習這個姿勢
兒時，曾穿過滑梯的管道
從昏暗的空洞，走到
廣闊的園子
高處，滑下來，着地
再也無法攀爬

回到陰影裏面

直至你們發現

每次只要躬身，地上

影子便會拉扯得更長

才學會

僵直肢幹，微微點頭

生怕地上的身體

過早越出門縫的光

聽見潮音，翻找海石

結集的念頭，早在多年前已經萌生，但一拖再拖，到近年才開展。這次結集，收錄了我起始以來的作品。編輯時，我曾想過把一些舊作剔去，它們的幼嫩總叫我不敢凝視，但一再翻讀，字句中竟有一股莫名的親密感，就像原生的骨肉，無法割捨。於是我想，既然聲音已形成，便把它們留下。我稱他們作「潮音」。

敲響潮音的海石，從起源擲出。我第一首詩詩題為〈海角潮音〉，是大學文學創作班的作業。初次創作，我無從落筆，躊躇之際，看到梁秉鈞的〈拆建中的摩囉街〉，便隨意剪輯一些記憶片段，沒潤飾太多，拼湊成一詩。「海角潮音」四字，刻在三家村天后廟背後的大石，小時候，我和玩伴時常到那裏流連，我甚至以為：穿過天后廟，沿海一帶，都是「海角潮音」。提交作品後，王良和老師在詩稿上，評上「有天分」三字評語，於是我便一直寫作。

對海洋的想像，有一部分是原生的。父親比我年長

六十歲，他老來得子，我未曾見過他年輕的身影，我們相隔了幾近三代的代溝。他從母土遷移到更南的海角，小時候，我常聽他呢喃這故事。三歲時，我同樣從鄉村遷移到城市。有時我看着父親，仿似在海邊小坑裏的海水，看到倒映的自己。成長異於同輩，我時常思考自我的建構。我喜歡謝默斯・希尼（Seamus Heaney）的詩，他觀視倫理的方式，對我詩觀影響頗深。倫理、土地一直以來都是我寫作的源泉，看希尼的詩，我找到凝視它們的方法。只不過至今我仍無法説清，我書寫的虛土，是一塊怎樣的土地。

這困惑應源自家族的移植。小時候，父親從故鄉偷渡來港的故事，幾乎成了我的睡前故事。我常在夢中回到故鄉，看見父親挑着扁擔離鄉別井。詩讓我思考家庭的纏結。父親晚年時，身體逐漸變差，不能長途跋涉，回到故鄉。他偶爾在晚上呢喃，常誤認眼前的黑暗，就是回鄉的路。但他已失去逆流的力氣了，在我踏足社會不久，他就去世了。他早已多番預告這次離別，每次大病，他都有譫妄的症狀，在病床上説起夢話。除了超現實的死亡方式外，還會囑咐母親照顧好我們兩姐弟。他死後，我照樣工作、生活，但胸口的鬱結一直無法紓出。那時候，情緒過分洶湧，我寫了一系列詩，思緒不

斷湧入眼前的物象。看到的，都成了痛苦的詩。我不希望再陷進那種狀態，不想再寫類似的詩，可能怕情緒損害精神，亦可能是逃避愧疚——我終究無法帶他回到母土。

自遷移以後，我在城市與不同人、物交會，我們之間，長出了無以名狀的纏結，就像苔蘚。情感是橋樑，我不擅表達，但詩的朦朧驅除了那莫名的拘謹。有時候，我甚至以為，這些無形的拉扯，便是我認此地為家的根據。然而，我至今仍時常思考歸屬的問題。我更喜歡抽離，與外界物事保持距離，觀察城市。從外面凝視它們，總叫我看得更多。儘管棲居的空間逐漸壓縮，我都要像迴盪在小坑的海水，時刻與邊緣的石頭保持距離。

我曾在鯉魚門看見這個畫面。那裏有幾個石灘，淺淺的沙上，堆滿貝殼，分不清是從海上沖上來，抑或海鮮店倒出來。我只知道撿拾。每個貝殼，都展現迥異的磨蝕，它們在海裏，有各自的經歷與痕跡。詩有如貝殼，我用它反響。處理內在聲音時，我試圖割斷與現實的連繫，直面思緒。有時，混亂的思緒，會讓我沉進無法言說的沉鬱當中，我便寫作，詩是處理情緒的副產品。

　　擔任教職後，很多時間都身處校園，我不得不對這個場域思考更多。寫作人、教師，兩個身份重疊，為了迴避它們的碰撞，我嘗試更多轉化方式。在這一個場域，我能覺察到學生的痛苦，但我又不得不依從僵化的教條。這種拉扯，就像海石不斷敲鑿岸邊，是僵硬的、徒勞的。寫作是一種救贖。

　　《海石敲響潮音》結合了我起步以來的作品。我起步較遲，但路尚算順利，在此，感謝王良和老師的啟蒙，謝謝你看得見。

　　正如謝默斯・希尼（Seamus Heaney）的詩句 "I rhyme/ To see myself, to set the darkness echoing."，其實每個人都不太了解自己，寫作，便能看清。

　　海石會一直敲打，我希望仍能聽見那潮音。

推薦語

　　孔銘隆從內地移居香港，兩地的生活、見聞、記憶，是他不斷「挖掘」的題材，成為他的詩「厚實」的根基。追敘往事的作品，往往積厚而發，父輩的心結、恩怨，個人童年的生活面貌，城鄉與人事的變遷，娓娓道來，如在目前，真實動人。希尼教會他挖掘鄉土，昇華記憶，意在言外；特朗斯特羅默教會他提煉意象，使詩句具有音色激盪的力量；梁秉鈞教會他細心觀察，捕捉有意味的人事影像，在詩末展示獨到的觀察。孔銘隆是有話要說、勇於思考、觸覺敏細的詩人，尤其自覺個人從學生成為教師的身份轉變，不變的是「詩」的承傳。這本詩集常回響他學詩、教詩的聲音；潮音有時，薪火相傳，海石敲響潮音，你何不翻開詩集，進來看看聽聽——美麗的風景、動人的潮聲。

——王良和

　　孔銘隆是香港優秀的年輕詩人，低調但作品結實。
處女詩集《海石敲響潮音》翻閱有驚喜：取材生活，閃
爍意象；詠物與敍事，又每見細密的觀察和反諷的描
寫。內容不少記錄了城市，家人和個人的共生與經歷：
美好不無苦澀，沉吟、徘徊，流露張望。得獎三首尤為
佳作，值得大力推薦。

——關夢南

責任編輯：羅國洪
封面設計：周文德
插圖繪畫：張海霖

海石敲響潮音

作　　者：孔銘隆

出　　版：匯智出版有限公司
　　　　　香港九龍尖沙咀赫德道2A首邦行8樓803室
　　　　　電話：2390 0605　　傳真：2142 3161
　　　　　網址：http://www.ip.com.hk

發　　行：聯合新零售 (香港) 有限公司
　　　　　香港新界荃灣德士古道220-248號荃灣工業中心16樓
　　　　　電話：2150 2100　　傳真：2713 4675

印　　刷：陽光 (彩美) 印刷有限公司

版　　次：2024 年 6 月初版

國際書號：978-988-70506-0-5

香港藝術發展局全力支持藝術表達自由，本計劃
內容並不反映本局意見。